Mes histoires préférées

Le Concours de Pâtisserie des Fées

Disney
les fées n°2

La Grande Course des Fées

PRESSES AVENTURE

Histoires publiées pour la première fois en langue française sous les titres :
Le Concours de Pâtisserie des Fées (2008) et *La Grande Course des Fées* (2008).

Publié par Presses Aventure, une division de
Les Publications Modus Vivendi inc.
55, rue Jean-Talon Ouest, 2ᵉ étage
Montréal (Québec) H2R 2W8
CANADA

Publiés pour la première fois en version originale anglaise par Random House sous
les titres : *The Fairy Berry Bake-Off* (2008) et *The Great Fairy Race* (2008)

Dépôt légal - Bibliothèque et Archives nationales du Québec, 2011
Dépôt légal - Bibliothèque et Archives Canada, 2011

ISBN 978-2-89660-351-0

Nous reconnaissons l'aide financière du gouvernement du Canada par l'entremise
du Fonds du livre du Canada pour nos activités d'édition.

Gouvernement du Québec – Programme de crédit d'impôt pour l'édition de livres –
Gestion SODEC

Imprimé en Chine

Table des matières

Le Concours de Pâtisserie des Fées

Par Daisy Alberto

Illustré par Disney Storybook Artists

Traduit de l'anglais par Marielle Gaudreault

Partout dans Pixie Hollow, les fées du Pays
Imaginaire s'affairent à leurs tâches.
Chaque fée est dotée d'un talent particulier
avec un travail précis à effectuer.
Lily, la fée Jardinière, arrose les jeunes
pousses de son jardin.
Bess, la fée Artiste, travaille dans
son studio à une nouvelle toile.

Silvermist, la fée Aquatique, recueille les gouttes de rosée.

Fira, la fée Lumineuse, entraîne les lucioles qui éclairent Pixie Hollow durant la nuit.

Beck, la fée Soigneuse, aide un bébé
tamia perdu à retrouver le chemin
de sa maison.

Et Fée Clochette, la fée Rétameuse, répare
une poêle à frire dans son atelier.

Mais peu importe ce qu'elles sont
en train de faire, les fées arrêtent toutes
leurs activités à l'heure du déjeuner.
Elles se dirigent vers le salon de thé
pour se restaurer.

Le salon de thé est un des endroits les plus prisés de Pixie Hollow. C'est un lieu calme, joli, et surtout, où la nourriture qu'on y sert est délicieuse ! Les fées s'y réunissent tous les jours pour prendre leurs repas.

« Je me demande quels délices nous ont mijoté les fées Pâtissières, aujourd'hui », dit Lily.

« Nous aurons peut-être droit à des cerises entières rôties et nappées de cannelle », lui répond Bess.

« Miam ! s'exclame Clochette. J'ai si faim
que j'engloutirais une cerise entière
à moi seule. »
Les autres fées éclatent de rire. Elles
ont hâte de voir ce qu'il y a au menu.

De la soupe à la fraise, une tarte
à la muscade, un gâteau aux mûres
et des noix farcies aux figues – il y en
a pour tous les goûts !

Il y a tellement de plats appétissants que Fée Clochette n'arrive pas à choisir… jusqu'à ce que quelque chose de particulier attire son regard. Elle porte à sa bouche une tarte minuscule. « C'est la meilleure tarte que j'aie jamais mangée ! » dit-elle.

Dans la cuisine, Dulcie, une des fées
Pâtissières, entend le compliment de
Clochette. « Clochette aime mes tartes ! »
s'exclame-t-elle avec un grand sourire.
Dulcie est fière de ses pâtisseries. Elle
s'efforce toujours de faire les pains les
plus légers, les tartes les plus feuilletées
et les glaçages les plus crémeux.
Elle adore cuisiner. Mais elle aime
par-dessus tout observer les fées
en train de savourer ses pâtisseries.

La fée Pâtissière Ginger est à côté d'elle. Lorsqu'elle entend Dulcie, elle fronce les sourcils. « Je pense qu'elle parlait de l'une de *mes* tartelettes », dit-elle à Dulcie. « Non, je ne le pense pas, lui répond gentiment Dulcie. Tes tartes ont tendance à être dures et un peu sèches. » Ginger n'est évidemment pas de son avis. Elle sait que ses tartes sont toujours moelleuses et feuilletées.

Le lendemain, Dulcie sert des bleuets croustillants avec de la crème fouettée onctueuse. Les fées se régalent. « Miam ! dit Clochette. Est-ce qu'il en reste ? » Dulcie rougit et rayonne de joie. « Elles aiment ma pâtisserie ! » dit-elle avec fierté. Le plus grand désir de Dulcie, c'est d'être la meilleure fée Pâtissière de Pixie Hollow.

De retour à la cuisine, Dulcie entrouvre
la porte du fourneau. Elle aperçoit le pain
d'épices de Ginger. « Il me semble un peu
plat, dit-elle. Tu devrais adopter ma recette,
Ginger. Mon pain d'épices est plus gonflé. »

Ginger en a assez des remarques de Dulcie.
« Mon pain d'épices est parfait », dit-elle.
« Non, mais ne t'en fais pas, lui répond
Dulcie, certaines fées ont besoin de plus
de pratique que d'autres. »

C'en est trop ! Ginger en a assez.
« Dulcie, tu ne saurais pas quoi faire
si un petit fruit venait à tomber dans
ta pâte à tarte ! » dit Ginger.
« Ha ? répond Dulcie. Mes pâtisseries
sont meilleures que les tiennes ! »
« Prouve-le », dit Ginger.
« Je relève le défi ! »
lui répond Dulcie.

Le Concours de Pâtisserie des Fées commence. Ginger et Dulcie doivent prouver une fois pour toutes qui est la meilleure Pâtissière. Une bataille que ni l'une ni l'autre ne veut perdre. Ce soir-là, Ginger prépare une crème anglaise aux mûres de Boysen servie avec une pointe de vanille. Dulcie fait des chaussons fourrés aux mûres.

« Houla ! s'exclame Clochette.
Ils sont vraiment magiques ! »

Le lendemain, Ginger concocte sa fameuse
croustade aux cinq petits fruits.
Les fées nettoient leur assiette
et lèchent avec soin leur cuillère.

Dulcie jette un œil dans la salle.
« Hum, dit-elle, attendez de goûter
à ce que *je* vous ai préparé. »

Dulcie apporte un gâteau renversé
absolument renversant au salon de thé
et le dépose fièrement sur une table.
Les fées ne le remarquent même pas.
Elles sont trop occupées à déguster
la croustade aux cinq petits fruits
de Ginger.

Dulcie n'en croit pas ses yeux.

« Ne voulez-vous pas goûter à mon gâteau ? » demande-t-elle aux fées.

« Il est magnifique, répond Clochette. Mais nous n'avons plus faim. » Dulcie fronce les sourcils. « Allez, juste une petite bouchée », supplie-t-elle. Les fées secouent la tête en se tapotant le ventre. « Impossible d'avaler quoi que ce soit d'autre », dit Bess.

Ginger affiche un large sourire. Il semble bien qu'elle ait remporté la première manche du Concours de Pâtisserie des Fées.

Dulcie sait qu'elle doit faire quelque chose de sensationnel au prochain repas.
Donc, pour le lunch du lendemain, elle se surpasse. Il y a des poudings et des tartes, des gaufres, des gâteaux et des montagnes de choux à la crème, la pâtisserie préférée de Clochette. Les fées mangent et remangent jusqu'à ce qu'elles soient complètement rassasiées. Le festin de Dulcie connaît un vif succès.

En fait, le concours officiel venait seulement de commencer. Le lendemain matin, au petit-déjeuner, Dulcie et Ginger attendent l'arrivée des fées au salon de thé. « Goûte à ce muffin, Clochette, dit Dulcie, ils sont moelleux et sucrés. »

« Que dirais-tu d'une brioche au miel ?
lui propose Ginger. Elles sont
encore plus moelleuses et sucrées. »
« Prends un muffin », dit Dulcie.
« Non, une brioche ! » dit Ginger.
« Hum, je n'ai pas très faim »,
dit Clochette en s'éloignant.
Dulcie et Ginger ne remarquent
pas que Clochette n'est plus là.
Elles continuent d'argumenter.

Les fées ont beaucoup travaillé toute
la matinée. Elles aspirent à un repas
agréable et détendu. Dulcie et Ginger
les accueillent à l'entrée du salon de thé.

Dulcie brandit une cuillère.

« Goûtez ceci ! » demande-t-elle à la ronde.

« Non, goûtez plutôt ceci ! claironne
Ginger. Le mien est meilleur ! »

Mais aucune des fées ne s'arrête. Tout
à coup, le salon de thé n'est plus aussi
calme qu'il l'a été !

Dans la cuisine, les choses ne vont guère mieux. « Donne-moi un œuf ! » crie Dulcie à une fée qui ramasse les œufs.
« J'ai besoin de farine ! » commande Ginger à un homme-hirondelle au talent de Cuisinier.

Les fées quittent une à une la cuisine. Elles ne supportent plus la compagnie de Dulcie et Ginger. Le Concours de Pâtisserie est devenu insupportable.

Bientôt Dulcie et Ginger se retrouvent
seules dans la cuisine. Mais elles
ne le remarquent pas. Elles sont bien
trop occupées. Elles tamisent et brassent.
Elles mélangent et mesurent. Elles
veulent toutes les deux faire de leur
prochain dessert le meilleur
à ce jour.

Ginger fait des petits gâteaux aux framboises fraîches fourrés à la crème à la vanille. Elle utilise les framboises les plus fines de tout Pixie Hollow. Dulcie prépare un gâteau exceptionnel à sept étages avec six sortes de petits fruits.

Dulcie prend une framboise pour en coiffer son gâteau. « C'est *ma* framboise ! s'exclame Ginger. Tu n'as pas le droit de la prendre. » « Elle est à *moi*, lui répond Dulcie. J'en suis sûre. »

« Elle est à moi ! » dit Ginger
en tentant d'attraper la framboise.
« Non, elle est à moi ! » dit Dulcie
en la retenant de toutes ses forces.
Aucune des deux fées ne veut céder.
Elles tirent et tirent
jusqu'à ce que…

Dulcie trébuche et s'affale de tout son long… dans son gâteau ! Ginger tombe aussi à la renverse. Ses petits gâteaux volent partout ! « Oups ! » disent les deux fées en même temps.

Un petit gâteau heurte Dulcie.

Un autre frappe Ginger. C'est le moment
que choisit Clochette pour entrer dans
la cuisine, intriguée par tout ce tapage.
Un petit gâteau atterrit sur sa tête.

« Hé ! crie Clochette.

Que se passe-t-il ici ? »

Dulcie et Ginger lancent un regard
à la ronde. La cuisine est un vrai champ
de bataille. Il y a du gâteau partout !
« Oh, non ! » dit Dulcie. « Qu'avons-nous
fait ? » se lamente Ginger.

Elles se précipitent vers Clochette.
Clochette est fâchée. « Le Concours
de Pâtisserie est allé trop loin, dit-elle.
N'avez-vous pas compris que vous êtes
toutes les deux d'excellentes Pâtissières ? »

Dulcie et Ginger rougissent. Puis, elles se tournent l'une vers l'autre. Est-ce possible qu'elles soient, toutes les deux, d'excellentes Pâtissières ? Dulcie secoue les miettes de petits gâteaux qui recouvrent son tablier. Elle porte ses doigts à sa bouche. « Mmmm, dit Dulcie. C'est bon ! »

« Vraiment ? » demande Ginger.

« Oui », lui répond Dulcie.

Ginger sourit. Elle goûte à son tour
au gâteau à sept étages de Dulcie.

« Houla ! dit-elle. Le tien aussi est bon ! »

« Pourquoi ne faites-vous pas la cuisine
ensemble ? » suggère Clochette.

Et ainsi le Concours de Pâtisserie des Fées prit fin sur une note savoureuse.

La Grande Course des Fées

Par Tennant Redbank

Illustré par Disney Storybook Artists

Traduit de l'anglais par Marielle Gaudreault

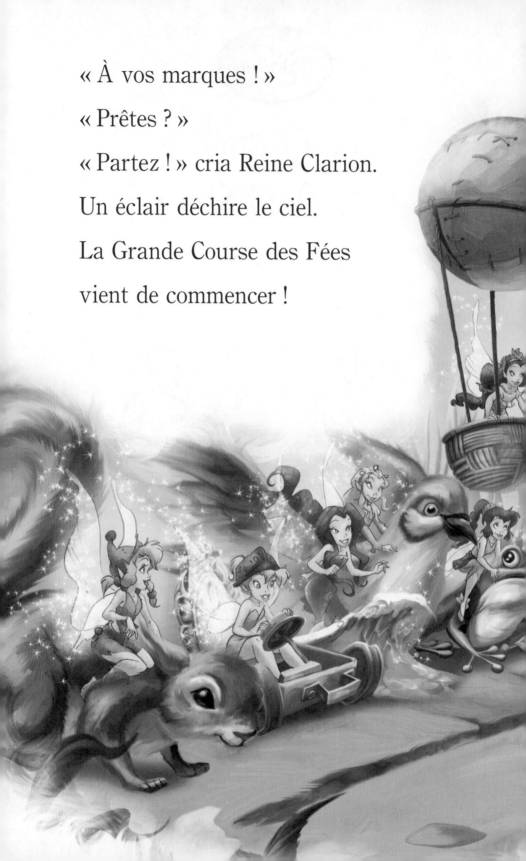

« À vos marques ! »

« Prêtes ? »

« Partez ! » cria Reine Clarion.

Un éclair déchire le ciel.

La Grande Course des Fées

vient de commencer !

Les règles de la Grande Course
des Fées sont simples.
La première à franchir la ligne
d'arrivée est la gagnante.
Mais les fées ne doivent pas
se servir de leurs jambes
ni de leurs ailes.
Il est défendu
de courir
ou de voler.

Beck chevauche un écureuil.

Tout juste derrière elle,

Fawn monte une grenouille.

Rani fend l'air sur le dos

de Frère Colombe.

Fira dirige
une montgolfière.

Silvermist surfe sur une vague.

Fée Clochette

conduit une voiture

qu'elle a fabriquée

avec des casseroles.

Lily trône sur un escargot géant.

« Dépêche-toi, Lily, lui crie Bess,

sinon tu arriveras la dernière ! »

Lily s'esclaffe.

« Ça ne me dérange pas, dit-elle,

j'aime bien voir les choses

de haut ».

« Attention, j'arrive ! »

crie Silvermist

en dépassant Beck.

Elle prend maintenant

la tête du peloton !

Mais la grenouille de Fawn
fait un bond prodigieux.
Elle atterrit devant
Silvermist !

« La victoire est à moi ! » exulte Fawn.

« Pas pour longtemps »,

lui répond Rani,

en la doublant

du haut des airs.

Lily traîne loin derrière les autres.

Mais elle ne s'en soucie guère.

Elle s'arrête même pour arroser

une fleur en bordure du sentier.

« J'arriverai là-bas bien

assez tôt », dit-elle.

Les fées franchissent
le ruisseau.

Elles foncent à travers la prairie.

Elles contournent
l'Arbre-aux-Dames.

Elles filent au-dessus des jardins.

Mais les fées, l'une après l'autre,

éprouvent des ennuis.

L'écureuil de Beck aperçoit

un autre écureuil.

Il court le rejoindre.

« Fais demi-tour ! lui crie Beck.

Nous allons dans la mauvaise direction ! »

L'écureuil s'amuse à grimper sur un arbre.

Beck doit se résigner à suivre sa monture !

Fawn rit de Beck.

Mais sa grenouille aperçoit
alors une mouche appétissante
qui vole au-dessus de l'étang.

Plouf !

En moins de temps qu'il
n'en faut pour crier ciseau,
Fawn et sa grenouille
se retrouvent dans l'étang.
La grenouille est heureuse;
Fawn l'est beaucoup moins.

« On se retrouve à l'arrivée ! »
lui lance Clochette.

Une minute plus tard, les roues
de la voiture de Clochette
s'enlisent dans la boue.
« Je vais perdre la course ! »
se lamente Clochette.

La montgolfière de Fira laisse échapper
de l'air. Fira prend dix minutes
pour colmater la fissure.

La pauvre Bess s'est perdue.

Elle sait qu'elle se trouve quelque

part entre les pierres moussues

et l'arbre crochu.

Mais où exactement ?

Elle sort une carte

de sa poche pour se repérer.

« Quelle direction

dois-je prendre ? »

se demande-t-elle.

Rani voit une jolie cascade.

Elle s'arrête pour la contempler

et perd un temps précieux.

Silvermist, distraite,

ne regarde pas où elle va.

Elle vogue droit vers une toile

d'araignée et s'y englue.

Bientôt, Beck et Fawn reprennent
le contrôle de leur monture.
Clochette dégage sa voiture.
Bess retrouve son chemin.
Rani et Silvermist
rattrapent le temps perdu.
« Je vois la ligne d'arrivée ! »
crie Fira.

Elles se ruent vers la ligne d'arrivée.

Elles sont au coude à coude,

la lutte est serrée.

Qui sera la première ?

Qui remportera la Grande

Course des Fées ?

Les fées font un sprint final.

Elles y sont presque…

… lorsque soudain la roue avant

de Clochette s'empêtre dans la queue

de l'écureuil ! Clochette,

Beck et l'écureuil trébuchent.

« Problèmes techniques »,

gémit Clochette.

Fawn et sa grenouille

sont derrière eux.

Impossible de s'arrêter !

La grenouille de Fawn

fait un bond et bute contre

Rani et Frère Colombe.

Frère Colombe frappe de plein

fouet la montgolfière de Fira.

La montgolfière perd

de l'altitude et tombe

droit vers le sol.

Bess et Silvermist mordent
à leur tour la poussière.

Aucune des fées ne réussit

à franchir la ligne d'arrivée.

Oh ! Mais attendez !

Doucement, très doucement,

Lily et son escargot avancent.

Lily dépasse Bess.

« Est-ce que tu te reposes, Bess ? »

lui demande Lily.

Lily, sur son escargot, dépasse Fira.

Elle dépasse également Rani

et Clochette ainsi que Beck,

Fawn et Silvermist.

« Au fait, qui a

gagné la course ? »

demande Lily.

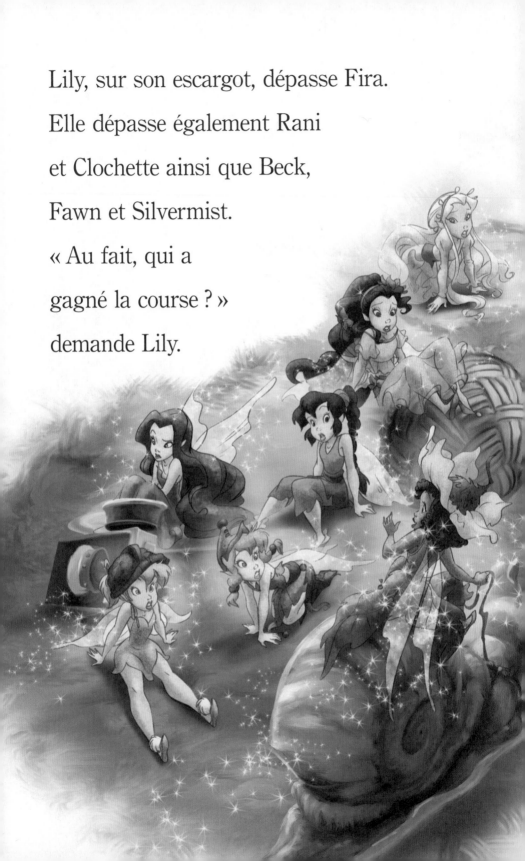

Lily, juchée sur son escargot géant,

franchit alors la ligne d'arrivée !

« Lily est la gagnante ! »

déclare Reine Clarion.

« C'est vrai ? » demande Lily.

Lily regarde, étonnée, les autres fées.

« Je croyais que la course était terminée »,
dit-elle.

Les fées acclament Lily.

« Hourra pour Lily et son escargot ! »

scande la foule.

Reine Clarion dépose un collier

de fleurs autour du cou de Lily.

Elle en dépose un aussi

autour du cou de l'escargot.

« Qui aurait cru que l'escargot
était l'animal le plus rapide
de Pixie Hollow ? »
dit Reine Clarion.